JN245111

もう
あの
森へは
いかない

望月遊馬

思潮社

望月遊馬詩集

もうあの森へはいかない

1 水門へ

《川の畔に立ったままで
少女は大好きなものをすべて捨てる》

《くびの長い
家具ばかりがならぶ草地だ》

《彼らは水門のしたに
二匹で寄り添っている》

水門へ

1

冬の日の朝に君にふりおろされた鈍器は、君にさよならといっている。もうずっと君は冬にあふれだす河だ。下流からさかのぼる君の戦艦をならべると、どれもがくびが長い。「懸命にね、くびをのばしているのよ」戦艦と戦艦の隙間でねむる少女はいつしか銃身となって君のこめかみにあふれる。写像。僕は大切な手紙を置き忘れてきたんだ、君の左心室に。ナノハナ畑の構成美術家が焼け死んだ。ドン・ジョバンニが死んだ。うつくしき脱走囚たちが野原に丸くなって死んだ。手をつないだまま。君の友人が死んだ。「温室で黙禱をしていた少女のこめかみに大根の写真が貼られている。あれは放置だ。大根は干からびて、あれは放置だ。風を配ろう」

2

少年が蛾の群れに囲まれて発狂する。混濁した老父が芙蓉の木のしたで人骨を処理する。老父は遅滞だが、蛾の群れがいっせいに視界を埋めつくすとわたしの胸にそろそろと芽をだす木の存在がある。こずえのむこうで僕の胸が割れる。「八月の温室で起こされた火事は僕のなかのないはずの瓶のなかでしずかに布団をしいていった。」ヴァイオリン弾きが僕の眼球のなかでキャッチボールをしている。それは僕のすべてを奪って眼には投手の姿が浮かんで消えた。

3

「僕の眠りは肌と保温しあうから」河にしゃがみこむ美しき少女の写真。その写真はまさに老婦人の横顔だ。きらめくベッドにしずみこんで、ねむりかけた木を抱きしめていた。熟睡する君のつむじのうずまき。うっすらと笑うくちもと。「僕の冬は靴のしたにある」投函。

4

冬の木のしたでサンタクロースがぬれた鞄に花をいれてくちびるをほんのりあからめた。クリスマスにジャズマンが弦楽器を電話のように耳にあてている。もしもし。雪がにがい。「もろびとこぞりて」君の内股からあふれだす河。うつくしき河の氾濫、そのむこうではトナカイが石英の本棚を閉めた。恋人がマフラーをまいたままあの校舎から飛び降りた日。「アルバムを開くとそこに塔がそびえる。君はいつだって寂しそうに雨を投げたんだ。投手は肉をきりわける。」どぶ川をきらきらと流されていく君。さようなら。

「髭は剃りたまえ、ホームズくん」

5

水のない田園で少女の装置があばかれる。打楽器。夏から冬へうつりかわるときに骨折のような温度差がうまれる。「あたりまえだけれど、こころにだって温度差はあるのよ」やわらかな雨が道路をぬらす。その熱量。黄色帽の子どもたちが崖を指さしている。君は宙に球面として浮かんでいた。浮いたまま冬の池になっていた。「君は君と見つめ合いながらベッドを沼まで運んでいる。十字架がくずれて沼は怒っていた。わたしはお腹をかかえて笑っていた。」老父が芙蓉の木をひとつずつ焼きはらっていきしずかで真っ白な地に水がじわじわ這う。地にはやがて大きな水たまりができて、そこにバスがやってくる。水たまりにバスの緑の車体が一瞬だけ映った。オカリナがさしだされて車掌は全裸になる。これは幻視か。そうでなければ車掌はお化け屋敷だ。雨は止まない。わたしの薬指を雨の指輪がくぐる。合歓の木のしたでの子どもたちの合唱。おまえの蹂躙された眸に石匠を埋めてゆく。水門と水門の距離もしくは圧迫感によって支配される水門の大きな影。雪水や石膏細工に櫂をとられてかたむいた舟の乳瓶のような固さに転回しながら音形があてがわれて結石は落下していくだろう。ふと静けさからひとつの柩が担ぎだされて男たちの手によって柩が崖から落されるとき柩のなかの花があふれだして故郷のように降る。

6

「わたしが夏に避暑地として使っていた山小屋のまえにはしずかな川が流れていた。川の水に足をひたしてぶらぶらする。しろつめくさの匂いや湿った土の匂いが頬を這いひんやりした小箱のような夏。飛びこみ台はからっぽだ。川のしたからみあげるほどには実際はたかくないのだ。髪をかきあげると水が迸る。君の耳はビニルのように白い。奇襲。しろつめくさがカーディガンのなかで囁いている。自縛。あなたの春はいつでも楽器だ。なあ、そうだろう、ホームズくん。」星空を聴く子どもたちの耳のなかに鋏を挿しいれる。カーテンがひかれていき流星群は絵本のなかだ。子どもたちは絵本の外側に零れだす。

7

友人のような形の豆をひと粒ひろいあげてくちにふくむ。ふいにとなりをみると老父がスコップになっていた。驚愕の姉が熱狂の奇声をあげて、そういえばここは葬儀場だった。「雪の粒が流れる」これから土を掘るためにどれだけの労力がいるだろうか。「逆さまに埋められて」捨てられた三月のスニーカーを楽譜にしてさびしそうに手をふっている。しろつめくさは、たばねられて雪になる。「君の素肌はとてもきれいで苦い」君のむこうでトンネルになった春は開通するだろう「このハルジオンはくちびるですか」

8

「タンポポの彩色芸術家がすこし色の調合を間違えたようだ。いちめん黄色のなかで、このタンポポだけはかわいい色をしているね。」ひとりぼっちで君は畦道に春を降らせる。「あとすこしで春の影絵ができるから君はそのままそこに切り取られていて。」モノクロの写真。褪めた髪のむこうでは君のアンニュイな表情が傷口のようにして、うたわれるだろう。開閉門からあふれる河はしずかにピアニカの管をふさいで君の靴紐を投げた。西日はドアノブにあとすこしとどかない、くやしい「開くことのできなかった鍵がわたしのなかにもありました。」

9

湖畔。君との会話。もう永く水のなかへと電話はしずんで消えていってたしかに水底には春があった。もしもし、こちら春です。春駅です。二両編成で夏駅へむかいます。お乗り間違いのないように。「ホームズくん、改札口に突進してはだめだよ」瞬間。君は耳の穴にしろつめくさを詰めた。出発。トンネルをぬけると、きゃべつ畑がひろがる。きゃべつはいつもひとりぼっちの少女の胸にふたつほどふくらんでいる。収穫。続いていた山道がふととぎれて君の河があふれだす。春から夏へ受けわたされるもの。線路は続くよどこまでも。
「無人島のように君はつめたい頬をしているわ」

10

春とは、ほどけるまなざしのこと。置き去りにされた電球。「君の夏を守ることはできないが、君のあしもとに訪れる水面の緑地をひたひたと押し返すことはできる」巨人たちが、やまももの花に顔を突っこむ。しずかだ。だれもいない。だれもいな　い。長靴のかたっぽには花があふれている。君はもうずっと、うつくしい列車だ。「一輛の列車が川を渡るころ夕立がすぎてきらめきの午後」手紙をてわたす。半月状の耳が真っ赤だ。

11

わたしは列車を降りたつ。動物たちがいっせいに耳をたてる。夏駅。田園はやわらかい。亡き少女のいたあらゆる角度に日が差した。姉妹が互いにお腹に内蔵された電池をあたらしいものに交換している。「これでしばらくうごけるね」わたしたちはこれからも死んでいくから、もうずっと夏は近い。余光。わたしの傘に降る雨は聴診器のように地を這いもうずっと心音をさがしている。注射されるようなくちづけ。それだけでも良かったのだ。少女の切り揃えられた前髪に鋏をいれるとき遠い水門が巨人のようにそびえる。マッシュルームや鉱石ラジオやガラス細工や刺繍や外人写真をならべて君はちいさなお店を開いているから、わたしは包丁をにぎったまま雨にうなだれる。待ってるよ。オリヅルは千羽だけきちんと君からはみだす。少女に手をふっている猿の仲間。彗星の光る一瞬を写真におさめる。少女は眠る猿のとなりにそっと置かれる。「固く閉ざされた屋上のドア。ドアノブにリボンを結んでおく。つぎにドアを開ける人間を祝福するために。」

「ホームズくん、夏を抱えたままどこに走っていくんだい」

12

「君の老父は鉄道の燃料になってしまった。冬の日に。あとかたもなくね」シューズにこびりついた土。シューズを蹴りあげて君はやさしい。わたしはくびの長い家具を捨てる。君はずっとあんぐり口を開けたままだ。戦闘。しろい花のシャンデリアをベッドまで運んでたたき壊した。連携。ふたりでねむること。君のスカーフをくびにまいてベッドサイドを闊歩する。おもちゃをきれいにならべて。操作。ふたりでたべること。「やさしさと孤独が引きあう水面に内気な少女のしずかな排泄。しゃがんで。しゃがんで。すべりだいをずっと撫でていた。」

13

君の靴がちょうど沼地を通過したころ雨がざあざあ降る。沼地とは、君のへそピアスのこと。ああ、君はうれしくて図鑑をたべる。わたしは夏のことをおもう。熱度のこと。「しゅんぎく。しめじ。はるさめちゃん。君はおかあさんなのよ」ふと、したをみると沼が巨大なおかあさんになっていった。

14

君はしずかな雨の速度に切り取られて。地雷。君のちぎれた手はしろつめくさにふれる。しろつめくさはたちまち映写室になる。いつかの君のスカートに膨らむようにして河のあふれだす記録映画。かれの手はしろいままだ。ストローを齧る君のむこうでわたしはバスタブの湯をそっと抜いた。髪をかきあげて。監督は道にたおれて麦を抱いたままひりひりとわらう。「ホームズくん、君にはもううんざりだ。」

「あと、ひと駅分だけ春を横にずらしてください。」

15

「ずらされた春は、老父に赦されてこれからひと駅ぶん徒歩だ。」春の写本は未完成交響曲だ。二匹の蝶が追いかけあいながらもつれて。交尾する気配。「ずらされた春のむこうで駅はしんとしている」老父は芙蓉の木のしたで耳飾りをはずす。君は音符のように押し黙っている。復讐。プールサイドに焼けた肌。夏　にゅうすい　眩いばかりのことばだ　ね。「夏とは、干からびた雪のことだ」けれど、もうひとりぼっちだから君は石器のようにねむる。

16

しずかな雨の日に。雨粒は赤い木の実を揺さぶる。揺さぶられた君は沼地を嘔吐する。詩人の遺稿を挟んだ本を向こう岸に置いたまま。しずかだ。「おまえの埴輪のような前歯がすこし失われている。」湿地。わたしのむこう井戸のめのまえで力尽きたすずめ。「あとすこしだったのだわ」水彩絵のなかの君は、美しい二等辺三角形だった。動植綵絵。わたしが君を叩いた日に豆腐がくずれて水面に壊れた。白。その怒りでわたしは遠ざかっていく。

17

夏駅と冬駅の間にはもうひとつ駅がある。わたしはその駅のことやその季節のことにいままで一度もふれたことがない。しずまりかえった鉢植には苗がひとりぼっちだ。地層。わたしは沼から遠ざかる。近視。生きることができない。「ホームズくん、そんなところで拗ねていちゃあ、へそで茶を沸かせもしないぜ」

「さよなら秋　これが最期の季節だ　きみの額に燃える果たし状のように」

《秋が紐のような手を
君の肩においた》

18

秋の日の朝に君にふりおろされた鈍器は、君にありがとうといっている。頭上をながされていく笹。体温。包まれるように手をふっている君。波間にきえていく、さよなら。

あざみの群生する夏

七月。グラウンドのあざみの群生にたつ打者は投手のむこうがわで眼をきらめかせる。ぼくは川べりにすわったふたりのまえで図形のように泣いた。あざみの匂いが充満している。ひやりとした君の肌と夏とを声のたかさでつないで。放送室にはどんぐりたちの合唱隊がいて、図鑑のうえにきれいにならんで、うたっているのよ。「君たちはちっちゃいね。手のひらでちょこんとねむる」

保健の先生が白骨になった日に、道徳の授業のあとみんなで大笑いをした。自壊した君の胸のなか大量の手紙がざあざあとあふれてきてとまらない。うそだ。ことばの奔流があふれてぼくは図形のように泣いた。図鑑に挟まれた君のつめたいひだりてをそっとおし返す。「目を閉じると瞼がトンネルになるね。」

田舎道はしずかな川とうす暗い枯れ木ばかりで寂しい。ランドセルを肩にかけたじゃがいも頭の君たちを率いてどこにいこうか。虫かごを耳にあてる。ぴぴ。「打者はサヨナラ満塁本塁打のあとに暮れのこった川のように泣いた。」草地のむこう、うつくしい敵地で。

野球帽をそっとぬいで。打撃。送球のたびにわたしの地形を壊す君。くちべにのなかできらめく君。肌のうえでねむるつばめ。みぎてからひだりてへそっとうつしてやる。「放課後の君は半紙のようにうすく口をひらいて。」ぼくのおべんとうは宇宙船です。「タコさんウインナー星人！　なんて言って君はふざけてぼくのじゃがいも頭に翻りついたんだ。」

試合のあとには君はここを発つ、周回遅れでやってきた夏。グラウンドのあざみの群生は川べりまであふれて晩夏がむっと匂う。川べりにはちいさな犬が二匹いてじゃれあって寄りそうと、ふいに二本の杭になった。君はグラウンドに降る雨をりょうてで抱えて球速は遠ざかる。先生はずっとうつむいていた。

あの日の試合で盗塁のあと図形のように泣いたぼくは八月の教室のカーテンの波形や暗いグラウンドを見おろしていた。制服に着替えて川べりにでる。さよならも言わずむっとする熱気のなか、あざみの群生をかきわけていく。

2 白くぬれた庭に宛てる手紙

秋のおこない

ある日のことです、わたしはバスに乗って友だちのところへいきました、友だちの住む洋館はサンティアーゴ・デ・クーバの特製のテラスのように突きだした籐椅子と貝殻のような屋根にささえられた初夏がありますあるいは薔薇のアーチのあふれる緑にささえられた夏がありますそしてアーチのむこうには蔓が白いかべに絡みあうようにしてひろがっていて蔓はのびて葉はひろがり揺らめいてその影の底には蜥蜴のステンドグラスが光をこぼしてぬれていますそのとなりの温室は蓄熱壁を持っていました無加温のうつくしい水銀温室ですあふれる水ですやさしくほどける水ですそのとなりの百葉箱のなかの瑪瑙の瓶がひとつずつ光りをはなつシルル紀の記憶アーチのしたクリーム色の木製の瓶には球根が植えられていて白い花が零れる青い花が零れる紫の花が零れるチューリッ

プこぼれるクロッカスこぼれるムスカリこぼれる零れる零れる零れるわたしは
友だちの手をひいて森に行きたいです朽ちた水車小屋があるような深くしずか
な森に行きたいですするとわたしと友だちのいるこの六角部屋の一室からふい
に蔓がのびて絡まりながら部屋を這いすすんでいき蔓はあらゆるところに絡ま
って本棚は緑になりキッチンは緑になり薫りを放ち蔓はぐんぐん進んでいき家
具を覆ってテーブルは朽ちてそこから知らない植物の芽がはえてのびて広がっ
ていき葉を繁らせてそこにさらに蔓が絡みつき豊かな枝がわかれ太くなり幹の
むこうに根がはりわたりのびてはびこり重なり友だちの洋館はいつしか深い森
に変わっていてそして恐る恐るそこを友だちと手さぐりですすんでいくとふい
にお菓子の家があって迷い込んだヘンゼルとグレーテルのようにあの父をあの
母をもういちど許し迎え入れるでしょう魔女の悲鳴を耳にうけていたはずです
魔女は友だちの銃によって撃たれて火のように朝に燃えますわたしの貝殻がほ
んのりあかく染まるのでしたこぼれるそれら生あるものたちのなかで彼女の肋
骨が揺らめく真夏のやわらかな胸へほどけて胸へ降りそそいで　ふいにドロッ
プ缶が転がっていき、冬のまえではたと止まりました、

そのとき彼女は
にっこりわらったはずです
「少年のような胸だった、ひらたい、胸だった、」
「わたしはわたしの連結を断ち切るためにコートを着込んでぬれる眸に獣の匂いをうつしながらあの終着駅に立っているだろう、たったひとりで」
「あなたは夏を終着させたかったのか」
「いいえ、ちがう」
わたしは夏を終着させたかったのではなくて夏の帰結に秋があるわけでも無論なくて季節の区切りはそれが最初の風景としてのはじまりのまなざしであるようになんどもなんどもくりかえしたのでした、祈るように、するとふいに真夏はほどけてゆくから、わたしの不安もほどけてゆくから「あなたの終着駅はここにあったのだね」わたしははだけた服をそっとおさえて季節の経過つまり夏から秋へのグラデーションの中間地点に立っていました木々の葉っぱの色でいうならば濃淡は新緑から枯れ木色への経過でありますそれはちょうど黄土色あたりの経過いうなれば過渡の色といえばいいでしょうか季節を色であらわして

いいでしょうかわかりませんわたしにはわかりません

そっと
手をかさねると　やはり
秋は　わたしたちにも
打ち寄せてくるのでした

友だちと会った帰り道
バスに乗りながら
彼女のことを思いだしていました
きれいな眸の
共闘している両目からあふれでるものを
手にうけとめて　わたしは

木漏れ日にぬれた手紙

きみは春の寸前を断ち切る
わたしとわたしのなかの春の水影が
ぶらんこのように手をつないでいる
木漏れ日のしたをゆく　君とわたしは
ならんで歩くと、　かさならない　光がすべりだいを　こぼれおちていく
白は
歌う少女の咽の匂いに　わたしの誕生日をかさねている
だからなのか冬のある日に
マフラーのすきまにのぞく前歯

ふと笑うしぐさや　壁によりかかった姿勢　遠い日のあの人影はわたしだ
友だちのいない　みじめなわたしを
思い出さない日はなかった
けれども
派手な女子たちが教室で騒いでいる日は　くもりの日
ぬくもりが冬のトンネルを抜けられない嘆きが
もう長いあいだ手のなかに保管されている
わたしは最終バスを降りて故郷のある街に帰ってきた
帰ってくるな、という幻聴が耳の底に残っている
あの日、クラスメイトに手渡したことばが
トンネルのなかを雨のように降る
成熟を装ったいくらかの人たちがわたしを見捨てる音が
次第にわたしの心臓へと侵食していき
スプーンのようにひらいた　花
差し込んできた光はきみにやさしい

地形のちがうスプーンをふたつ見くらべて
こちらは背がたかく　こちらはちいさい
あるいは冬の地形だろうか
ふたりに祈り　歌いかさねてゆく
暮れていく山　しずかに抉りとられていく肌
ほろほろと降る雪
あるいは君とわたし
朝には　小犬たちが水脈を折れまがる
地図は波しぶきのように君のくびすじにせりあがる
わたしが川ぞいを歩いていると、頬にふれる風が泣いた
この風がうまれた場所はヒトのいない場所
川べりを左折して区役所のほうへと迂回する
とちゅうで小学校をとおりすぎる
旧校舎は、塗り絵のように閉じた
ゆびきりをした　あの日

荒れ野の匂うような池のまわりで
小魚を掬いながらきみは春の寸前を断ち切る
もうあの森へはいかない
春は切れ端になって　さびしい土地で
ゆっくりと解体していった

夏の残りをおもう歌

教室のにおいが川のなかをきらきらながされていくのが
かなしい
わたしは岸辺でスカートをだきしめて　体育座りをしている
そのむこうでいつまでも泳いでいた裸の君が
ふいに岸にあがると
割れた腹筋に光がおちる
無骨なようすでタオルで体を拭くたびに　校舎は遠ざかる
しなやかにカバンをかついで
素朴に笑う君は
わたしの知らない数式をほどいたりしている

学校は断じてわたしの故郷ではない
そう叫んだ少女の眸のさきで　紐のように泣いた君
うずくまって　こぶしで地面を叩いた
絶叫のような真昼
もう終わりであることを予感していた
うるんだバスが二台　堤防のそばに寄り添っている
バスは星のように
流れおちた
精霊流しの日　先生たちが無数の肉体をかついで
祭りのあとの沼にきえていった
そのことと　わたしが悲しいことを
等価だとはいえない
生徒会室のうらで　くちづけを終えたけはい
少女の手のなかには　いまだにひとつの沼がある
わたしのしらない余白が

わたしを領していく音
征服されてしまったわたしのからだの陣地を
とりもどしていくおこないは
どのようにしてもしずかだ
わたしのからだのなかの大将や歩兵が
闘いのなかで、地を這い、馬をひいて
勢力をひろげていくように
領土の地図
つまりわたしのからだ
いずれ戦いはいっぽんの川になる
からだとからだが重なりあって　まばゆい沼になる
手をのばせば夏の余白にふれられそうだ
グラウンドのむこうに
月がのぼる
手をつなぐことさえしなかった

君との二年間は
葬列のように永くのびている

シフォンの歌

少女のスカートが膨らむころ
わたしは顔を破壊した男の夢をみる
ほしぼしの瞬くあいだに　ながい黙示があった
畦へとかえる
少女の胸へふりそそぐ天文学図鑑はいつしか
てのひらへ　細い雨をあざやかに
浮かべるだろう
くすくすと笑う女子の眸がふいに遠ざかり
故郷の町へ
頰にかすれては流れるしずけさ

わたしたちの棲む
水門の廃墟は
いつも亡くしたものを岸へと打ちあげるから、浜には
火がぽつりと揺れる
いつも死にゆくものたちの讃歌が
聴こえる耳に貝殻をあてて
わたしの頬のなかで真水のようにまあるくあがる
あの湾景がまあるくあがる
少女はすこしだけ笑って肩をすくめて
ほんとうに、せかいはしずかね、そうね
しずか、だから
すこしだけアンニュイで
気だるげなのは朝の陽気のせいかもわからない
少女はていねいに折り畳んだ制服を
むかしの友だちがくれた手紙だとおもっている

もう永く
教室の生徒たちの声をしらない
制服の着こなしを忘れてしまった
少女はそういってちいさく笑う
彼女にとっては、もう必要でないものを置きざりにしてきたにすぎない
いつだったか
少女のクラスメイトがお化けを見たと騒いで
逃げ帰ってきたことがあった
彼がしのびこんだ海のそばの家にも
こんなちいさな小犬が繋がれていた杭だけが残っていて
もう犬は跡形もない
どこにいってしまったのか
それともはじめからいなかったのか
わたしに知るすべはない
ただ家の周りには

まばらに草が生えていて
井戸は燃え尽きていた

*

いつか
きっと君は手紙を書くだろう
けれども君は　綴り方を忘れてしまったから
文字ってこう書くんだよって
そっと教えてあげたい
震える手がそっとおかれている
少年は目くばせをして
川に小石を投げるだろう
そのむこうには太陽が沈みかけている
あれはなんだ

少女は書きかけのへたくそな文字を
くしゃくしゃとまるめながら
いつかの記憶の少年とてのひらをかさねる朝をおもいながら
日記をしたためていた
やがて来るだろう朝をおもい
少女はシフォンの歌をうたうだろう
へたくそでもいいいんだよって

少女ははにかんで
朝に燃える

冬にこぼれた婚礼の歌

婚礼の式のあとは
とうめいな喪がみちている
かつて子どもだった男と女の
日差しのような抱擁のむこう
剽窃された人生をいくどもぬりかえる、くちづけがあって
冬には　いつも
そのくちづけが　共有された
光はおぼえない山を綴った
朝、
みまかる一瞬を

あなたは　地図のように目に焼きつけた
白い山に入ってゆく父と母が
ナップザックに水をいれて
藪をかきわける
葉ずえを渡る風　手のなかにふあんが残る
婚礼はしずけさではなく　騒々しさでもあって
荒れ野をゆく狩人の祖父が　猟銃にうらづけた血統の
秘密をかたる
銃声が耳の周りをまわる　まわりおえるころには
白い手が置かれてある
婚礼は怒りの儀式でもある
しかし　父や母やわたしが　列にならんで
花婿を迎え入れるときに
死者の幾人かが　とおりすぎてゆく　神父のよこを
押し黙って　献花するのは母だ

婚礼の列と葬列が混じりあうところには
やはり岸へのりあげた　男の怒りがあって
男が　ささげるために
花束を群衆へ投げ入れる
暖流と寒流のまじりあうところには
やはり　怒張した女のふるさとがあって
入水する女の　腰のたかさには
うまれるはずの子どもの体温が　揺さぶり　揺さぶられ
そうしていつしか　婚礼の列は
天国の丘へと　押しながされていく
だろう
そのときあなたは　匂いのしない男の体温を
闘争　のようなものとして
すいこんでゆく
崖下で泣いていた少女たちは

手をつないで決闘を見守っている
そこに終わりは　もうない

女の再会は
いつもあべこべのゆびきりによって　なされる
抱きあって　いつか死ぬことを歓びあう
女のむこうに置かれてあるのは
怒りにみちた　男の首だ
もぎとられ
ざくろや冷えた魚のある皿のうえで
しゃべるものは誰もいない
男は女の匂いを　夏に蒔く　ようやく
もがれた　首が　香り立つ
「かなしいということはない」
やがて

夏のような声帯がほどかれ
やはり　この列島へ降りてきた
守るべきか　守らざるべきか
そのような愚問をまえに
女は地平へ身を投げて
のどへ舌を這わせて　舌は下腹部を通過し
光のなか　くびすじをせりあがり　ようやく
この夏に辿りついた
火あぶり
肉が爛れ　うるわしく焼かれ
ついには
骨の細さを泣いた
沈む闘牛場のような烈しい立夏
女の絶叫
もう終わりが来ないでほしい

そんな陳腐はいらない

婚礼の式
いつか訪れる　死への道のりを
ただ最初に自覚するために
父と母は　花嫁を送り出す

遮蔽

秋の日
岬のほうからふいてくる風が
子どものあそぶ井戸端のまわりを旋回して
そのまま青い山へとさしかかった
薪をたくさんもった少女が山道を歩いている
手もとに光をあふれさせながら
瀑布のように泣いた
村では祭りがおこなわれている
囃子がこのあたりまで聞こえてくる
山裾をすこしずつ染めあげてゆくのを角膜にかんじながら

美しく遮蔽した沼のほとりで
光のあやとりをしている
ゆびのまわりを光が編み込まれ、ほどかれ、結わえられ
それが記憶の流れそのものとなるとき
人は笑うのだろうか
明日にはまた
家族の選別がおこなわれる
父を取り換えて、母を修理する、姉を廃棄して、弟をかき混ぜる
そうして新しい家族を作りあげて
かりそめの食卓にひとりずつならべて
食事はまだかとテーブルを叩く
その音だけが
家族であると物語っているのか
もうわたしにはわからないのだった
秋の日

囃子の聞こえる村のほとりのちいさな廃寺で
少女は両手で顔を覆ってしゃがんで
小舟のように泣いた
そのころ
雀が一羽で
枯れ木にとまり囀っていた
これは偽物の家族だとわかっているのだけれども
取り換えた父はもう帰ってこない
修理した母はアンインストールした
廃棄した姉は再利用されてどこかの見知らぬ家族のかりそめの一日に登場する
弟は知らない
つぎはぎだらけの拙い家族をもういっかい呼び寄せようと
口笛を吹いてみたのだが
秋の風がとおりすぎるばかり

3 水門へ Ⅱ

「いくつかの不在の地図をいっせいに燃やしたおとが、
もうないはずの耳にむけられている」

肋骨のほうから機関車が走ってきて下腹部をくだって足のトンネルをぬけていった。機関車の走る沼の岸にビー玉が無数に降ってくる。水門のむこうでバレエをする少女の排出口から花がみるみるあふれだす。「雨が降って屋根ばかりが泣きだしそうだ」峠をようやくこえた旅人が森の図書室にさしかかる。旅人

は樅の木によりかかって笛をふいた。そのうちに日が暮れて、餓死した小鳥たちのアーチをくぐると旅人はそのたびに踊り狂うだろう。

遠くから射殺される回転木馬が二頭。君たちの世界はいつから牧場のさむさにひたいをほどいて、馬の駆ける夏をひきもどしたのだろう。馬になったふたりはめぐる河川のうえに二頭で駆けだして、夏の匂いをかわるがわる運んだ。草地はわずかにぬくもりを帯びる。馬のうえには巨大な白いプロペラがまわり、白馬たちが天国までゆっくりとかけあがっていく。スカートが揺らめく。風のなかでそっとうなじがはだけて、みずいろの町はいまも鮮烈に守られている

「眠りはいつも巻貝のなかに巻かれている。」そうして池のみずを小母の耳に

そそぎいれる。小母は驚愕して、微熱の荷を素早くほどいた。岬にはぐるりと肉が積まれている。そのむこうで、塀のように泣く父。小石をうらがえすと無数の君がはりついている。

∴

パパとママの入ったジャムをトーストに塗る朝だ。「半裸の巨人たちは顔を覆って泣きながら内股で逃げていく。こずえを渡る風。」巨人の進撃だ。雪礫の季節だな。わたしは舟にむかって石を投げる。舟は大破して、うつくしい断崖。舟から投げだされ、すずなりの飛沫。おぼれるなか見あげれば波のうえで櫂が光る。太陽は西風へとなびく。光の移動をおぼえる。その瞬間、ふいに森の瞼がひらくのだった。片手にはスコップ。水のように立ったまま。このやさしさは日傘のなかでだけ生きている。

水門へ　Ⅱ

《守りたいのに、
沼にはたくさんの火だ。》

1

春だ。ぼくはこもれび駅にたちすくんで最終バスがくるのを待っていた。沼。ぼくのほかには薔薇少女やチューリップ少女たちがいて胸のたかさの故郷をゆさぶっていた。胸からあふれるたくさんの手。雨のにおいや薄荷のにおいがただよう。「こんなに元気に走るバスははじめてだ。きっとこのバスの燃料は西風なんだね。」そういってバスにくちづける。バスはうれしそうに頬をあからめて沼のほとりで壊れていった。雑巾のような表情。抜歯。「これでほんとのさよならだね。」君はバスを撫でながら故郷のようにねむる。

2

バスのお葬式に参列したのは春の某日。じゃがいもくんや、チューリップ少女がならんでいる。庭にはしろい小舟と、うさぎの耳がころがっている。読経のあいだじゅうずっといびきをかいていた桶。葬式がおわってむっとする河べりにでると遠く海のにおいがした。成層圏から降りてきた手。「これがぼくのすべてだよ。」ぼくは地蔵のように泣いたのだったかしら。

3

ううん、いまごろバスは春と手をつないで美しい湖底にねむる倉庫だ。ぼくたちはいつでもひとりぼっちだから、故郷に十字架のように降る雪をみあげる。「おねがい。どうか春を裁いて。」君のくちびるに川がながれる。鋏。手をひっぱられて、はにかみながらあらわれた君。「この春には縫い目がないわ」少女に洋服を着せながら母はまゆをひそめる。少年たちは植木鉢を投げる。

4

春はスカートを履いている。ぼくはバスのためにきらめく唇を奪った。遠い山からやってきた大型バスのエンジン室には無数のパルスがきらめく。子どもたちがバレエシューズを履いて雨傘になる。「傘のしたで待ち合わせしよ。」こもれび駅のやわらかな木漏れ日。「大変だ！　駅長さん宅のお庭の沼がたいへんなことになっていますわよ！」火山噴火だ！　溶岩だ！　逃げろ、逃げろ。博打だ。逃げろ。おおぜいが大挙して押しよせてきた波打ち際。少女のスカートの内壁はプラネタリウムだ。光る。ねえ、春子っていう名にしましょうよ。赤ちゃんを抱いたままで少女は、春子、春子、とつづけた。少女が春子にくちうつしをした遠いすずしろのにおい。村は春めいてきたのだ。いつか春子がこの村に帰ってきたとき、永劫のきおくを、沼におとして。それ以来、沼はたくさんの火だ。

「ありがとう。またわたしは君の聖杯に救われたね。」

5

春子に手をひかれて、はにかんだまま、あぜ道に突っ立っているのは、夏生くん。春子のこいびとだ。夏生は、じゃがいもくんや、かぼちゃ少女のいない、人間のいる街から来たおとこのこだ。山小屋のまえをながれる川にふたりは足をつけてぶらぶらする。そうして見あげた流星群。「こんなに美しかったのだわ」春子は夏生と手をつないで、減速的なくちづけをする。「ここがおまえの世界だ。」そういわれたきがして、戦慄。

6

「春子、春子。」母の声だ。旧い家屋には影がたくさん這っている。玉音放送。戦後間もない防空壕の跡地ではたくさんの子どもたちが靴をぬいでいる。やがて汚れた靴の山ができて木漏れ日にぜんまいのようにまぶしく崩れかけている。

7

少年は、くだものや野菜たちを地勢図のようにならべる。西瓜はしずかな泥の闇に浮き輪のようにねむっている。「すずしい川に目がふたつある。くちびるはないけれど。」被写体になったすいかはそっと遠ざかる。低木が宇宙にちかづいているのだ。春子はくすくすわらっている。

8

沼にゆくと少女が逆回転していた。その傍らには晒されたままの洗濯物。そこには、だれもしらない眼がある。熱い。熱い。ぼくは夏のくちびるに耳を焼かれた。だらしのないくちづけがぼくの全身にほどかれると、ふいに夏のけものたちは聞き耳をたてた。「こんなに美しかったのだわ」乳房のようなしろい手。ふいに水が降りそそいでぼくは倒木になる。

9

少女たちが家具のように手をつないで。つないで。「小便器は人口の池だ。ひたひたとうつくしい洪水が打ち寄せてくる。」けれどここは沼地だから、無数の便器がいっせいに夏の池にかわりつつある。遠くのほうで桶が叫んでいる。沼にはたくさんの火だ。貝殻のにおいや薄荷のにおい、手のひらに立ちのぼる。ふわふわわ。いつかのぼくが君の胸に灯る火を受け取ったときも、たしかこんなあたたかな夏の夕べだったね。だからもう忘れないわ。

10

「憧れるのはもうやめる。」そうつぶやいて、子どもたちは、一瞬、きらめいた。土くれのにおい。タイルの渇きにひざまずいた君。園児たちが沼を取り囲んで黄色い声援をあげた。革命!革命!「ここらの巣穴はぜんぶからっぽだな、ホームズくん」「とりあう手。支えあう手。にぎりあう手。はたしあう手。闘う手。おもいあう手。泣きだした手。沼のなかの手。」やり場のないおもいばかりが積もって。憂鬱や不機嫌はいつも君のまわりを一周していた。薔薇少女やチューリップ少女は焼却炉のような幸せを胸にしている。襲来。頰をくすぐる春の破傷風が気もちいい。「でもいまは秋よ」うん、わかってる。

11

ある日、ふいに老木が絶叫した。「いったいこれはなんの騒ぎだ。」大人たちが老木を取り囲む。老木はおしだまったかとおもうと、こんどはしくしく泣きはじめた。「こんな迷惑な木は切り倒してしまえ！」大仕事だ。大仕事！「なんて素敵なの。もうこれは恋ね。」春子はそういって、老木のそばの沼から足をひきぬいた。ぱたんと本を閉じた君。美しき鍋のなかでぐつぐつ煮られている手足。

「夏のにおいのなかを、少年は窓のようにねむった。」

12

「雨のガラス室で、少女は窓枠に星空を嵌めた」

季節のうつろい。わたしたちの敏捷。こんなにしろい沼があったのだわ。「夏子、夏子。」母の声だ。煙突のような手足。「しろい死体を、みんなで抱きしめあって蘇生させる。」なだらかな愛だけがあればいい、とおもった。屋根には星の川がながれる。つぐみのにおい、薄荷のにおい。なだらかな愛だけがあればいい、と。祖母の入った柩から雪の音がする。

「ぼくたちは手をつながなければならない。」

13

父と母が橙いろの山に入る。秋の山は素足のようにきれい。薪を肩にせおってまえをゆく葬列は終止形だった。ぼくのちかくで破裂したくちびる。川べりには、ぼくたちの敏捷。

水門へ

手を繋いで。手をつないで。君の脚線美。見つめていると君は写真のように泣いた。父と母がおお笑いしている。あの橙の山のむこう女の裸がまぎれている。謝肉祭のあとの劣情。ぼくはちいさなくしゃみをした。

14

「秋子、秋子。」母の声だ。チューリップ少女のスカート丈が春とおなじ長さだ。渡河をする子どものゆびさきがほほえみのように揺れる。こんなに待ちわびた雨は、喫茶室にしんしんと降る。君は雨粒のにおいを包みこむ。「もうすぐさよならだね、ホームズくん。」絶叫。オルガンの壊れかけた合唱室にて君は、美しい火を歯茎にともしている。永遠についてかたらうのは、さしむかいの、ぼく。

「深い沼、虹かかる沼、しろい沼　君が最初に足ひたす沼」

15

「だめぢゃないか！　ホームズくん、ボートをあんな深いところにやっては。」水際ではしゃぐ子どもたち。君はボートをゆびさしてつぶやいた。「これが君の心臓だ。」「それなら君の心臓はまるで月みたいだね。」

「まえあし、うしろあし、ロボットさんでもわからなくなるのね。」

「性愛はたくさんのバス停。」

16

あのとき君の頬には星座群を描いた。旧い給食室からあふれだすたくさんの老いた手。「花火が打ちあがるようにして君はわたしの耳に舌をさしいれた。」逆立ちをした少年たちが湾岸に兵器のようにならんでいた。ふいに顔が燃えあがって。恥ずかしい。「わたしの校舎がダムの底にしずんだ冬の日に君は初めての逆上がりに成功したね。」

17

石の頭を土にしずめて。ほんを頬にあてると熱い。にいちゃんの軽トラによじのぼる君はやんちゃな惑星だった。「昇降口で待ち合わせしようぜ。約束だぞ」そういってゆびきりしたあの冬の日。傷だらけになってにいちゃんにおんぶされて、川べりを帰っていく試合後の夕暮れ。にいちゃんがわらうとき、鼻の奥がつんとして涙が出てくる。紐が切れる。

「冬だね」
「冬だな」

18

すべりだいに接吻をした少女。冬はもうすぐそこまで来ている。凍りついた川底には死者の表情がはりついている。いっせいに泣きだした小石たち。細密画。鍋底にねむる祖母は大仏のようにひらかれる。あたりには霧がただよっている。そっとくちにふくむとほろほろとほどけて。「ホームズくんは半そで半ズボンでラジオ体操を頑張った。大使館のまえで」

19

冬だ。ぼくはこもれび駅にたちすくんで始発バスがくるのを待っていた。受像。ぼくのほかにはモクレン少女やゆきどけ少女たちがいて胸のたかさに乳房をひきあげていた。胸からあふれる川。風のにおいや土瀝青のにおいがただよう。「こんなにしずかに走るバスははじめてだ。きっとこのバスの燃料は冬雲雀なんだね。」しずかな喝采がひたひたとぼくの胸にこみあげてくる。バスのむこうに激しく降りかかる雪。ブルドッグのシャツを着た少女が小犬をいじめる。

20

冬子のむこうにしずむ闇。ストローで沼の水をすすり飲む父。冬子のねむる家屋のねっとりとした光。祈りや憧れのなかで写真の興奮をうつしていた。家系図。わたしも眼のなかでシャッターを切った。彼らの知らない午前零時をよぎるバスは、みがまえるひとを映す。野生動物は美しい。美しい。夏のまんなかで燃えさかる井戸。十年前に突き落とされたのは。「書架のにおい。君の特等席はもうない。」永遠。わたしのむこうに降る。愛欲だとか星だとか。もう君は知らないかもしれない。わたしたちは死なないかぎり生きるだけだが。箱のかたちをした不安。

「おばあちゃんに死をプレゼントした孫」　「あの日」

21

お葬式のあと。冬子が夏生の手をひいて登壇した日。君は震える手にふるえる手をかさねて。百獣の王のたてがみをほどいていく夜明け前。その心臓にそっとふれてみたい。赤。「おれこそが世界だ」見あげると犬たちが星座のようにじゃれあっていた。「パリを発ったのは二年前。パリからバルセロナへ。バルセロナからモスクワへ。猟銃を買いに。」苗木に寄り添ってねむる老木。「盲目だったのはわたしの方だわ」あの冬の日に、小指を失った少女は美しい洞穴になる。

22

「犬のじゃれあいを告発した日、わたしはもうそこにはいない。」「無菌室の少女の排泄を目撃した日、わたしは痺れるくらいきれいでした」不安。ただ、ともだちになりたかっただけ。震える体。警戒がうかぶ手。ただ、ともだちに。

23

庇う手。「冬子は妊娠していた。冬子は夏生にむかって言う。ねえ、赤ちゃんのなまえは、春子にしましょうよ。ふくらんだお腹を撫でながら冬子は、春子、春子、とつづけた。冬子が春子にくちうつしをした遠いすずしろのにおい。村は春めいてきたのだ。」わたしの匂いが移っている。春子の輪郭がはみでて夏子はまばゆい沼に入る。隊列。わたしたちの怪物は、本のなかのお城に繋がれている。守りたい。

《濃密な手紙のように、てわたされた花は、
ふたりそろってしぼんでいる。》

《このくちびるは、銃声ですか》

《枯れ木のようにねむる少年。そこから冬を帯びる。》

24

さよならもいわず、冬の朝に君は鈍器のようにねむっている。「ホームズくん、
これからなにが起こるかなんてだれにもわからないさ。」沼のむこうで、君は
地球一個分の喝采を叫んだ。

もうあの森へはいかない＊目次

もうあの森（もり）へはいかない

著者
望月遊馬（もちづきゆま）
発行者
小田久郎
発行所
株式会社 思潮社
〒一六二―〇八四二　東京都新宿区市谷砂土原町三―十五
電話〇三（三二六七）八一五三（営業）・八一四一（編集）
FAX〇三（三二六七）八一四二
印刷・製本所
創栄図書印刷株式会社
発行日
二〇一九年七月三十一日